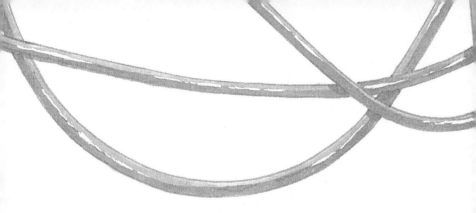

Boy's Love:
Meia-noite sem estrelas

Karen Alvares

Ilustrações: Dandansama

primeira edição

editora draco

são paulo

2017

Karen Alvares
Conta histórias para o papel há tanto tempo que nem lembra quando começou. Autora da duologia *Inverso* (2015) e *Reverso* (2016), do romance *Alameda dos Pesadelos* (2014) e organizadora de *Piratas* (2015), foi também publicada em revistas e antologias de contos como *Boy's Love - Sem preconceitos, sem limites* (2015), *Dragões* (2012) e *Meu Amor é um Sobrevivente* (2013), e premiada em concursos literários nacionais. Apaixonada por mundos fantásticos, histórias de terror, chocolate e gatinhos, vive em Santos/SP com o marido e cria histórias enquanto pedala sua bicicleta pela cidade.
Blog papelepalavras.wordpress.com Twitter e Instagram @karen_alvares

© 2017 by Karen Alvares

Todos os direitos reservados à Editora Draco

Publisher: Erick Santos Cardoso
Produção editorial: Janaina Chervezan
Revisão: Ana Lúcia Merege
Ilustrações: Dandansama
Capa e editoração digital: Ericksama

Dados Internacionais de Catalogação na Publicação (CIP)
Ana Lúcia Merege 4667/CRB7

Alvares, Karen
    Boy's Love: Meia-noite sem estrelas/ Karen Alvares – São Paulo: Draco, 2017

ISBN 978-85-8243-224-2

1. Contos brasileiros 2. Literatura Brasileira I. Título

CDD-869.93

Índices para catálogo sistemático:
1. Ficção : Literatura brasileira 869.93

Primeira edição, 2017

Editora Draco
R. César Beccaria, 27 – casa 1
Jd. da Glória – São Paulo – SP
CEP 01547-060
editoradraco@gmail.com
www.editoradraco.com
www.facebook.com/editoradraco
Twitter e Instagram: @editoradraco

Para todos aqueles que se sentem solitários e oprimidos. E para você, que adora uma história de amor.

O país foi sequestrado.

Eu também.

Interrogado. Aprisionado. Catalogado.

Uma cobaia.

Espetado. Drogado. Subjugado.

Sou apenas um número agora. Um entre tantos Magos no Centro de Estudos. 7.612. Esse é o número que está escrito no macacão cinza sem graça que uso dia após dia neste lugar.

Completei dezesseis anos em junho. Junho de qual ano? Seria o passado? Não sei. Os dias, os meses, os anos, tudo passa diferente por aqui. Não sei como estão as coisas lá fora, mas não devem estar melhores do que quando deixei as ruas de Brax para trás; naquela época, o país já era um lixo fazia tempo.

País. Há poucas coisas que podemos nos dar ao luxo de preservar nessa vida roubada pelo Governo e uma delas é a consciência: recuso-me a chamar Brax de Pátria. Mãe Pátria. Pai Pátria. *País.* Ainda somos um país. Ainda temos fronteiras, mesmo que elas existam somente para nos prender aqui dentro. Ainda existem outros países do outro lado delas, mesmo que finjam o contrário. O mundo não acabou. Ainda é grande e está lá fora, só esperando.

Tudo mudou quando os Magos foram descobertos (não que as coisas fossem um paraíso antes). Foi quando as pessoas começaram a apresentar algo mais que deformações e câncer: elas começaram a ter *poderes*. Ninguém entendia o que era aquilo, então logo assumiram a explicação mais sobrenatural de todas: que era coisa de outro mundo, *magia*, bruxaria. Seitas e religiões afirmando de pé junto que tudo era obra do próprio capeta. Houve quem ousasse tentar explicar; cientistas chegaram a dizer que o motivo daquela "anomalia" era a água. Mas isso não precisava ser gênio para adivinhar: todo mundo sabia muito bem que o povo consumia água contaminada (os pobres, óbvio). E adivinha onde os Magos apareceram pela primeira vez? No interior, na região central do país, onde a exploração das mineradoras nunca parou, nem mesmo após todos aqueles rompimentos de barragens que aconteceram (e continuam acontecendo, mas não são mais notícia).

Claro que ninguém encontrou a cura. Mas, como sempre acontece em Brax, eles descobriram um jeito de "burocratizar" a coisa: aos dezesseis anos você se torna um Examinável. Ninguém escapa da vistoria do Governo, que procura (e captura) os Magos. Eles sabem descobrir a presença de magia, dizem que é algo escondido no cérebro, como um tumor. Mas não somos doentes: dizem que somos, ao invés disso, uma ameaça à "gente de bem", à sociedade. Balela! Não há mais sociedade, apenas miseráveis tentando não morrer de fome, de sede, de câncer. O que eles não dizem é que a verdadeira ameaça é o próprio Governo, que acabou com o país e o deixou à míngua. Todos os governos fizeram isso, só pensavam em si mesmos, aqueles porcos, e a coisa toda culminou nessa merda em que estamos hoje.

Mesmo morando nas ruas, não consegui fugir desse destino: o terrível exame. É implacável. Por oito meses consegui me esconder, mas acabei apanhado pelo Departamento de Proteção à Pátria, o DPP.

Sou um Mago.

Olho para minhas mãos, flexiono os dedos. Ninguém sabe o que elas fazem.

Só estou esperando o momento certo de mostrar a todos eles.

Sobreviver. A gente aprende nas ruas que tem que fazer o que for preciso. Aqui dentro também. Então, quando um homem de branco do Governo me propôs um acordo, aceitei. Era nojento, mas necessário.

Só havia uma resposta.

Isso não é um Centro de Estudos, como fingem ser. Já saquei direitinho do que toda essa merda se trata.

Brax está formando um exército de Magos.

— Tem alguém sentado aqui? – perguntou o garoto de traços delicados. Trazia, junto com a bandeja de comida (se é que aquela lavagem poderia ser chamada de refeição), um enorme sorriso, que fazia seus olhos puxados se fecharem ainda mais. Os cabelos muito pretos, com as pontas descoloridas – quase cinzas –, caíam numa franja rebelde e desajeitada, grande demais, que cobria parte de seu rosto. Em sua roupa, uma etiqueta indicava que ele era o número 7.019.

— N-não – respondi, um tanto tímido, sem saber o porquê daquela reação. Pigarreei e emendei com a voz um pouco mais forte: – Pode sentar aí, cara.

— Obrigado! – ele inclinou um pouco a cabeça à frente, à moda dos orientais.

Em Brax, eles eram tratados como seres inferiores por ainda trazerem traços de um lugar que – segundo o Governo e a Mãe Pátria – não existia mais. *"O mundo é Brax, só existe nossa Pátria"*, ela dizia nos comunicados nacionais. Nos becos, entretanto, diziam que eles eram místicos e sabiam segredos que transmitiam somente a seus descendentes. Segredos da sua cultura, passado e tecnologia. Alguns até diziam que eles conseguiam se comunicar com seus iguais, fora da Pátria (*país, país, o país foi sequestrado, saqueado*). Mas ninguém dizia isso em voz alta: poderia chegar aos ouvidos do Governo, que suspeitaria de espionagem e traição – se é que já não

pensavam isso (paranoicos, com mania de perseguição, todos eles). Portanto, havia poucos, muito poucos, orientais nas ruas de Brax.

E lá estava um deles, sentado à minha mesa, comendo lavagem como se fosse um banquete. E, como estava naquele maldito lugar comigo, era um Mago também.

Encarei por um instante as mãos magras e pequenas dele, dedos finos, frágeis. O que aquelas mãos conjurariam? Não poderia ser algo tão horrível quanto as minhas. Era impossível que algo tão sombrio saísse de mãos tão delicadas.

Merda, eu não tinha mais nada para fazer? Por que estava encarando as mãos do garoto, afinal? Voltei a observar minha comida, um calor tomando conta do meu rosto. Esperava que ele não tivesse notado, mas como é que eu ia saber, se o garoto só ficava ali, sorrindo de olhos fechados o tempo todo?

— Nunca tinha visto você por aqui – ele disse de repente, de boca cheia. Comia muito depressa, como se aquela bosta fosse saborosa. – Você é novo? Examinado há pouco tempo?

— Não – respondi meio rápido, até um pouco grosso. Não queria parecer um amador ou qualquer outra coisa que ele estivesse pensando. É o que você aprende nas ruas. – Fiz o exame ano passado. Tenho quase dezoito.

Ele meneou a cabeça de um lado para o outro, ainda mastigando. A colher de plástico se movimentava feito um pêndulo, um tique bizarro, meio engraçado.

— Sei. Mas se não fez o exame há pouco tempo, deve ter ficado encaixotado por vários meses, né? Só aceitou o acordo agora?

— Você não tem medo de falar essas coisas pra um estranho desse jeito?

Ele arregalou os olhos e finalmente pude ver que eram mais escuros que a noite. É, eu tinha falado meio à queima-roupa mesmo.

— Todos nós estamos no mesmo barco aqui, amigo. Se está sentado nesse refeitório, é claro que aceitou o acordo. Todo mundo aqui aceitou, não precisa se envergonhar. — Ele indicou com a colher os vários adolescentes sentados nas mesas, comendo aquela porcaria.

Garotos e garotas. Negros, brancos, altos, baixos. Mas oriental só mesmo o garoto sentado à minha mesa. Os poucos que conversavam, faziam-no aos sussurros, amedrontados. Só ele falava como se nada estivesse acontecendo.

— Sim, foi há pouco tempo — respondi finalmente à pergunta, voltando a me concentrar na minha comida. Estava horrível. Larguei o talher logo depois da segunda colherada.

— Você não vai comer isso? — o garoto se apressou a perguntar.

Dei de ombros.

— Beleza — disse 7.019 com uma empolgação genuína e se pôs a comer minha comida. — E aí, qual o seu poder?

Engasguei com a porção de água que estava tomando (a água

13

era racionada, como tudo em Brax). Que pergunta era aquela, assim, na lata? Olhei para ele, tentando parecer indignado, mas o garoto apenas me encarou de volta com aquele sorriso enorme e inofensivo, baixando minha guarda. Ainda assim, não ia responder à pergunta. Era meu segredo, minha arma secreta.

— Hum, entendo – ele brincou com a comida por alguns instantes antes de enfiar a última colherada na boca. – É mesmo uma pergunta bem pessoal. Tudo bem. É quase como perguntar se você curte meninos ou meninas. Ou os dois.

Ele piscou para mim, cúmplice. O sorriso se alargou, se é que era possível. Tentei dizer alguma coisa – qualquer coisa –, mas, assim que abri minha boca, o sinal do Centro de Estudos tocou. Mais um treinamento.

O garoto se levantou, segurando a própria bandeja de comida e deixando a minha na mesa. Mas, antes de ir, virou-se para mim e disse:

— Sou Kyo, falando nisso. Mas não conta pra ninguém, certo? – ele piscou. – É segredo.

— Ei!

Ele já estava indo embora correndo quando se virou, com um sorriso no rosto.

— Não se preocupe! Um dia você me conta o seu.

E foi embora, misturando-se à multidão de adolescentes que deixava o refeitório.

Eu só não sabia se com aquela frase enigmática ele queria dizer meu nome ou meu segredo.

Os treinamentos eram insuportáveis. Exercícios físicos, mentais, treinos para aumentar a energia. Apesar de nos examinar aos dezesseis anos, o DPP não conseguia decifrar nossos poderes; eles só identificavam a área "defeituosa" no cérebro que indicava magia. O conhecimento do nosso poder era uma das poucas coisas que ainda eram nossas, apesar de tudo. Claro, havia aqueles que não conseguiam controlá-lo; esses o Governo sabia muito bem o que faziam. Nós sempre os identificávamos pelas luvas que usavam. Os demais, os "sem-luvas", eram os que o Governo ainda precisava decifrar.

Eu era um sem-luva. Kyo também.

Além de serem um método de identificação, as luvas também inibiam os poderes fora dos alojamentos. *"Mas e os que estavam sem luvas?"*, você pode perguntar. Oras, eu poderia muito bem usar meu poder e... Não, não poderia. Ao menos não nas áreas comuns. A primeira coisa que diziam pra gente após o acordo era que, caso utilizássemos nossos poderes, o anel no nosso dedo anular esquerdo – como uma aliança macabra, não era possível removê-la a menos que se estivesse no alojamento – liberaria uma substância tóxica que entraria direto na corrente sanguínea e – PIMBA! – direto para o coração em segundos. Ataque cardíaco.

Podia ser mentira, como quase tudo em Brax, mas ninguém tinha coragem de testar e confirmar se era mesmo verdade.

Por isso os condicionamentos, além de ter a finalidade de nos tornar soldados, serviam também para sondar nossos poderes. O pior era o de concentração; não era um exercício, era tortura. Eles mantinham os adolescentes por horas em câmaras de vidro, sem luvas e sem o anel, apenas de pé, num cubículo minúsculo, não tinha como se sentar. Diziam que era meditação. Mais uma mentira. Eles pegavam muitos desse jeito, que simplesmente surtavam e acabam liberando seus poderes acidentalmente.

Eles nos faziam assistir ao treinamento dos demais, como num espetáculo de horror. Não bastasse o pobre coitado ficar de pé, naquela câmara sem som por horas, ainda por cima com plateia. E sempre havia os sádicos, que gritavam, gesticulavam, vibravam quando alguém, finalmente, cedia à pressão.

Naquele dia eu estava assistindo. Não que quisesse, mas éramos obrigados; quem se recusasse a assistir ou sequer fechasse os olhos durante o treinamento poderia ser o próximo a ser chamado para a câmara. Kyo se sentou a meu lado. Depois daquele primeiro dia no refeitório, ele sempre almoçava comigo. A gente meio que se tornou amigo, se é que existiam amigos naquele lugar.

Não confie em ninguém, meu pai dizia, antes de ser abatido pela polícia. Sempre sobrevivi à base daquele conselho do velho. Mas, estranhamente, me sentia à vontade com Kyo por perto, e percebi que quando ele não aparecia eu sentia falta de

sua companhia, do seu sorriso e dos olhos quase fechados. Ele animava as coisas, deixava aquele horror do dia-a-dia um pouco mais tolerável.

Porém, naquela tarde, Kyo não estava em seu estado normal.

— Olá — ele me cumprimentou com o sorriso de sempre, mas logo percebi que não alcançava seus olhos. — Parece que lá vamos nós de novo, né, Meia-Noite?

Era assim que ele me chamava. Eu ainda não tinha dito meu nome, mas Kyo não parecia incomodado. Ao invés disso, logo me apelidou. Dizia que eu o fazia se lembrar do céu da meia-noite. *"As estrelas que são livres, Meia-Noite. Elas só ficam lá em cima, no céu, observando como somos tolos aqui embaixo."* Nós não víamos a luz do sol ou da lua por ali, muito menos as estrelas.

Kyo parou de me olhar e se virou para a câmara vazia. O espetáculo ainda não tinha começado.

Quando o portão de ferro foi fechado com um ruído agourento, vários guardas se posicionaram em frente a ele, armados. Uma mulher de branco se dirigiu ao centro do ginásio, uma lista em mãos. Ela parou ao lado da câmara de vidro. Percebi que Kyo tinha contraído os punhos, que tremiam. Na verdade, seu corpo inteiro tremia e gotas de suor desciam por sua nuca. Por um instante eu quis tocá-lo, confortá-lo, mas sabia que não podia. Sabia controlar bem o meu poder, mas, por alguma razão, não queria arriscar as coisas. Não com Kyo.

— Aline Costa Moreno – a mulher chamou com um sorrisinho

sádico. Foi a minha vez de fechar os punhos; minha vontade era esmurrar a cara daquela mulher, de toda aquela gente que fazia aquilo conosco, arrancar aquele sorriso à força, junto com todos aqueles dentes brancos bem-cuidados. — Venha, querida.

— Ah, não...

— Você a conhece? — perguntei a Kyo. Ele não me olhou quando respondeu entredentes:

— O alojamento dela é no mesmo setor que o meu. É uma das poucas boas pessoas por aqui.

Encarei o centro do ginásio. Aline era uma garota esquelética e mal alimentada — como todos ali —, de cabelos castanhos e ralos, cor de palha queimada. Ela, porém, levantou-se, corajosa, queixo erguido, e caminhou sem hesitar até a câmara. Só parou antes de entrar, traindo seu nervosismo de maneira discreta, mordendo os lábios; observava o interior da câmara quase hipnotizada. A mulher, que usava luvas de plástico, estendeu a mão; a garota cedeu a mão esquerda, onde se encontrava o anel, que a seguir foi removido pela mulher de branco — só eles sabiam como removê-lo nas áreas comuns. Depois disso, a garota entrou na câmara e a porta de vidro se fechou.

Kyo cravava as unhas com tamanha força nas palmas das mãos que uma gota de sangue escorreu e pingou no chão.

— Você tá bem? — perguntei aos sussurros. Tive novamente a intenção de tocar suas costas, mas recuei no último instante. — Você tá sangrando, cara.

Ele se virou para mim e apenas sorriu de um jeito triste. Não poderia culpá-lo por odiar aquilo. Era mesmo horrível.

Nos primeiros minutos, todos permaneceram em silêncio observando a garota na câmara. Ela se manteve firme por um bom tempo, talvez uns quarenta minutos, pelo que consegui contar de cabeça; depois, começou a se mexer, incomodada. Foi quando os gritos de alguns adolescentes babacas começaram; eles agitavam os braços, alguns se levantavam, gritando e xingando. *Isso* aqueles carrascos não impediam, não puniam.

A câmara era muito apertada: apenas uma estrutura de vidro em formato retangular, que subia até se perder de vista na escuridão do teto do ginásio; a pessoa ficava de pé, os braços juntos ao corpo, com quase nenhum espaço para se mexer – sequer era possível mudar de posição, coçar o nariz, o mínimo o que fosse.

A garota claramente estava cansada. Encostou-se ao vidro, mas aquilo não aliviava seu sofrimento. Dava para ver que ela tentava movimentar os braços, que deviam estar dormentes, mas o espaço não permitia. Depois do que pareceu uma hora, os lábios dela começaram a sangrar, de tanto que os mordia; o sangue escorreu pelo queixo e caiu na roupa, manchando seu número: 7.845.

— Pare, pare, por favor – Kyo sussurrou, mas consegui ouvi-lo. Esperava que só eu conseguisse. Os olhos dele estavam injetados; ele não os fechava, era contra as regras, mas eles brilhavam com lágrimas contidas.

A garota também chorava; primeiro, silenciosamente, depois, aos berros, mas o som era abafado pelo vidro. A mulher de branco anotava coisas em uma prancheta, impassível. Aqueles porcos. Eles tinham que morrer, todos, todos!

O país foi sequestrado. Nós fomos sequestrados.

Foi então que aconteceu. A garota não suportou e uma luz brilhante cegou todos no ginásio; quando diminuiu, consegui ver o corpo dela tremendo e mais luzes espocando de seus dedos inertes, pequenas descargas elétricas, como as de uma lâmpada queimando. Ela parecia desmaiada lá dentro, apenas um boneco cansado de lutar. A mulher da prancheta exclamou contente: "Eletricidade!", anotou mais alguma coisa e chamou o "pessoal da limpeza", que recolheria a garota.

— Ela... Ela morreu? – Kyo perguntou, assustado, as lágrimas agora escorrendo por seu rosto.

— Não – respondi, apesar de não ter assim tanta certeza. – Só deve estar desmaiada. A gente não pode se matar com o próprio poder, lembra?

Mas Kyo não parecia nem de longe tranquilizado com as minhas palavras.

No dia seguinte Kyo apareceu à minha mesa no refeitório com aquele enorme sorriso novamente em seu rosto. Ele enfiou três colheradas de lavagem na boca antes de dizer, em tom conspirador:

— Ei, tá a fim de fazer uma sacanagem com o treinador Mateus?

Nós tínhamos esse treino juntos com o pior treinador de todo o Centro de Estudos. Todos eram ruins, mas ele era pior. Resistência. Eles nos fazia correr, levantar pesos e barras por horas, sem descanso, sem água, pura resistência física. Nos xingava o tempo inteiro dos piores nomes, alguns a gente nem conhecia, devia ser coisa anterior à Nova Independência de Brax. Antes disso éramos um país de verdade, com regras, leis, piadas e palavrões ou, pelo menos, éramos uma tentativa de país. Não sabíamos muito sobre esse tempo.

— Tá maluco, Kyo? – perguntei depois que ele sussurrou o plano para mim.

Kyo, no entanto, parecia muito sério.

— Se você não me ajudar, vou fazer sozinho. Vamos lá, Meia-Noite, só preciso de uma distraçãozinha!

— Você vai pra câmara por isso!

Ele estremeceu e, pela primeira vez, fechou a cara pra mim.

— Não diga essas merdas, eu sei me virar. Se não quer me ajudar, faço sozinho.

Dizendo isso, ele se levantou, segurando sua bandeja, mas eu o agarrei pela barra da camiseta. Kyo me olhou com uma expressão indecifrável, mas talvez um pouco mais branda.

— Eu ajudo você. Só... não seja pego, certo?

— Minha especialidade.

O sorriso estava de volta ao seu rosto.

Nós estávamos correndo. Um pé à frente, o outro em seguida. Um. Dois. Três. Um. Dois. Três. Eu via Kyo pela visão periférica, algumas fileiras ao meu lado. Ele fez um sinal de positivo e piscou para mim.

Retardei o passo apenas alguns segundos, o suficiente para que o garoto logo atrás de mim se atrapalhasse, prejudicando a marcha. Os adolescentes começaram a se esbarrar e logo estava armada a confusão. Uma garota caiu, seguida por outros dois. O pelotão – era isso que era aquela merda toda – parou. Olhei discretamente para Kyo e vi que ele estava fazendo algo com as mãos. *Seria possível? Magia? Mas como?* Desviei o olhar depressa, com medo de que me flagrassem olhando para ele. O apito do treinador Mateus soou.

— Que merda é essa? – ele marchou ao lado do grupo desordenado de garotos e garotas, fuzilando cada um com os olhos. – Quem começou essa bosta? Quem é o desordeiro na minha turma?

Ninguém me dedurou. Não sei se porque não sabiam que fora eu ou se por medo.

— Se ninguém abrir essas bocas sujas, eu vou —

O que ele ia fazer, ninguém chegou a saber. A boca do treinador permaneceu aberta por alguns instantes, enquanto seus olhos se arregalavam. Então, do nada, ele começou a coçar a bunda por cima da bermuda, depois enfiou as duas mãos no meio das nádegas avantajadas e começou a esfregar furiosamente. A coisa mais inacreditável aconteceu: flores (isso mesmo, *flores*!) começaram a transbordar do calção do treinador: flores vermelhas, com pétalas longas que se assemelhavam a folhas cor de sangue. Eram tantas que as calças não deram conta do recado (e olha que eram calças tipo *extra-plus-GGG*) e se rasgaram, espalhando flores pra tudo quanto era lado. Algumas garotas desviaram o olhar, outras tapavam a boca (com certeza para abafar a risada, coisa que eu também estava com certa dificuldade em fazer). Flores literalmente brotavam da buzanfa branquela do treinador, que parecia ter triplicado de tamanho (a coisa toda parecia fisicamente impossível, mas estava acontecendo; quer dizer, ninguém imagina que algo daquele tamanho possa ficar ainda maior! Eu com certeza nunca tinha pensado naquilo, e olha que me considero bem criativo).

— Mas que merda! O que está acontecendo? FAÇAM ALGUMA COISA, IMPRESTÁVEIS!

O treinador Mateus caiu no chão de joelhos, esgoelando-se de dor, tentando até mesmo ralar o bundão no chão, tamanho o desespero, as flores ainda brotando sem piedade.

Ninguém se mexeu para ajudá-lo.

Tampouco senti pena, apenas uma satisfação mórbida e inquietante.

Havia um sorrisinho perturbador no canto dos lábios de Kyo quando ele ficou ao meu lado e sussurrou:

— Bico-de-papagaio.

— Você fez aquilo?

Kyo respondeu apenas enchendo ainda mais a boca de comida. Ele olhou para os lados, aparentemente despreocupado. Um burburinho circulava entre outros adolescentes do Centro. Ninguém sabia como estava o treinador Mateus – e ninguém se importava –, mas havia ainda, é claro, a curiosidade de saber se ele teria ou não sobrevivido ao "ataque".

Todo mundo tinha certeza que aquilo só poderia ser obra de um Mago – e um sem-luva – mas ninguém se arriscava a dizer um nome. Havia vários sem-luvas naquele treinamento, poderia ser qualquer um.

Kyo apenas deu de ombros, enfiando comida goela abaixo. Eu queria perguntar mais, mas vi pelo canto dos olhos que um bando de adolescentes se aproximava. Baixei a cabeça para a comida, sentindo o sangue ferver; conhecia aquela galera, eram gente do pior tipo. Eles levavam a sério o acordo e apoiavam de verdade o regime e a Mãe Pátria; além disso, costumavam implicar com os menores e mais vulneráveis, e por isso mesmo eram os preferidos do treinador Mateus.

Uma garota truculenta, a líder do grupo, sentou-se à nossa frente na mesa, ladeada por mais três garotos grandes e outra garota mal-encarada. O símbolo da Pátria estava tatuado ao redor de seu olho esquerdo; ela era outra que, como eu, não divulgava seu nome por aí: todos apenas a conheciam como Loba.

— Estou sondando a galera, vendo se alguém sabe o que aconteceu com o treinador Mateus. Não vi o que aconteceu, não era o nosso horário, *mas vocês estavam lá* – era uma acusação, não uma pergunta.

— Que coisa horrível, né? – Era como se Kyo estivesse comentando o clima. Ele continuou a engolir uma colherada atrás da outra até que Loba segurou seu punho a caminho da boca. Foi só nesse momento que Kyo a encarou, e não parecia feliz.

— Não é de hoje que tem um baderneiro fazendo bosta aqui no Centro.

— E você é o quê, Loba? A vigilante aqui da praça?

— *Flores* – ela cuspiu, sem se abalar. – Sabe o que parece essa merda? Poder de veado.

Kyo continuou encarando, a expressão passando de raiva para tédio profundo.

— Você sabe o que acontece quando um veado encontra um lobo? – ela continuou.

— As quatro cabeças deformadas deles batem um papo? – Kyo arriscou, soltando o punho num puxão brusco.

Loba estreitou os olhos. Lentamente, ela os virou para mim e me fuzilou.

— Você arrumou alguém pra te dar a bunda, Veado?

— O quê? – perguntei sem entender, mas percebi que a provocação era para Kyo quando ele mesmo respondeu:

— É mesmo uma pena que você não possa dar a bunda pro treinador Mateus, Loba. Ele bem que tá precisando.

A mesa sacudiu e o prato de Kyo virou, espalhando aquela meleca fedorenta. Loba tinha acabado de esmurrar o tampo, levantando-se bem a tempo de não ser atingida pela lavagem ainda quente. Mas ela pouco parecia se importar; apoiou as mãos espalmadas na mesa, nariz a nariz com Kyo, que não se movia sequer um centímetro e ainda a encarava entediado.

— Você sabe o que um lobo faz quando vai à caça? Ele atinge o ponto fraco da presa e depois a destroça com os próprios dentes.

Loba olhou para mim com puro veneno.

— Valeu pela aula de biologia, Loba! – Kyo acenou adeusinho com as mãos, sorrindo com os olhos fechados. — Agora quero comer e não consigo fazer isso com seu cheiro *selvagem* aqui perto. Tchau, tchau!

A garota não retrucou, apenas sorriu com malícia e se afastou

trotando com os amigos, deixando um silêncio estranho pra trás, até que Kyo perguntou:

— Você vai comer isso, Meia-Noite?

Não havia traço algum de abalo na voz dele. Era como se nada tivesse acontecido. Mas eu tinha passado por muita merda nas ruas para saber o que aquela ameaça significava.

No final do dia, antes do toque de recolher, encontrei Kyo no corredor do setor onde ficava meu alojamento. Aquilo não era muito comum (a amizade entre os Magos não era encorajada; os relacionamentos eram encarados mais como "alianças"), mas também não era proibido. Algo se revirava em seus lábios enquanto ele mastigava; quando cheguei mais perto, percebi que era uma folha, e pelo cheiro só podia ser de hortelã. Teria algo a ver com seu poder? Não, provavelmente ele só tinha roubado da estufa, era bem a cara dele fazer algo assim.

— Ainda falta uma hora para o toque de recolher – ele comentou quando parei à sua frente.

— Não me lembro de ter contado pra você onde era meu alojamento.

Ele sorriu, aquele sorriso contagiante que tinha e chegava aos olhos oblíquos. Me peguei sorrindo de volta. Nunca fui de muitos amigos, mas Kyo era o que chegava mais próximo disso

– tanto ali no Centro quanto no resto da minha vida. Era fácil estar com ele, era divertido, confortável... Era bom.

Queria que a gente tivesse se conhecido em outro lugar, outro tempo. Outras circunstâncias que não aquela vida.

— Eu descobri, oras. Sou bom investigador. Se a gente pudesse ser cidadão nesse país e ter um emprego, isso é o que eu seria. Investigaria a podridão no sistema.

Fiquei dividido entre a preocupação por alguém estar nos escutando e o riso fácil que escorregava dos meus lábios.

— Relaxa, Meia-Noite, não tem ninguém aqui – ele disse, aproximando-se mais um passo. Ficamos tão próximos um do outro que eu conseguia sentir o cheiro suave dele: era como visitar um campo de rosas. – Mas, se você estiver com medo, a gente bem que podia conversar mais um pouco no seu alojamento.

Um saci começou a sambar no meu estômago – sim, um samba de uma perna só: *tumtum, tumtum, tumtum*. O que saiu da minha boca foi a coisa mais ridícula possível:

— Mas pode isso?

Kyo riu. Sua gargalhada era gostosa e espalhava algo doce no ar, um cheiro bom de terra molhada logo depois de uma chuva de verão.

— Ninguém disse que não, disse?

Dei de ombros, rindo também, e levei-o ao meu alojamento. Quando Kyo passou pela porta branca e eu a fechei, percebi como era estranho ter alguém ali dentro. Tinha passado tanto tempo sozinho naquele lugar ("encaixotado", como o próprio Kyo tinha dito), que ter alguém ali era uma sensação nova e excitante. Eu nem sabia o que dizer e odiei o silêncio que pairou no ar. Kyo, no entanto, parecia estar se divertindo pelo sorriso enorme em seu rosto.

— Bem, não deve ser muito diferente do seu alojamento, né? – comecei, coçando a cabeça. Ele alargou o sorriso.

— É diferente sim, tem o seu cheiro. Cheiro de orvalho debaixo do luar.

O saci tinha voltado, mas agora parecia ter ganhado uma perna nova. Umedeci os lábios e, sem saber mais o que fazer ou dizer, indiquei a cama.

— É o único lugar que tem pra sentar.

Kyo parecia estar se divertindo com a minha timidez.

— Talvez mais tarde – disse, e então se aproximou mais, ficando a centímetros do meu corpo. Recuei até bater as costas na porta, sentindo todo o sangue do meu corpo fluir, quente. Quando ele encostou seu corpo no meu, fiquei duro – de tesão, mas também de medo. *Eu não podia tocá-lo. Simplesmente não podia.*

Meu poder era enorme e incontrolável. Eu poderia machucar Kyo. Mais que isso.

Meu poder era uma maldição.

— Kyo, eu não posso...

— Por quê? – ele perguntou manhoso, apertando minha coxa por cima do uniforme e então subindo, mais e mais, chegando à virilha. Espalmei as mãos na parede, pressionando-as com força, sufocando a vontade que tinha de tocá-lo, de puxá-lo para mim. – É o seu poder?

Mordi os lábios com tanta força que senti o gosto de ferro na boca.

Kyo entendeu, mas não parou. Sua mão chegou no meu pau, apertando-o docemente. A sensação era de que cem estrelas explodiam debaixo da minha pele.

— Você não precisa fazer nada, bobinho. Deixa comigo.

E então ele me beijou.

Era doce e amargo, quente e frio, dia e noite, sol e estrelas.

Kyo me beijou com sofreguidão, acariciando meu pau, puxando-me pela nuca com força; eu ainda mantinha as mãos coladas à porta, suadas, o medo funcionando como combustível para o tesão. Todo o meu corpo tremia. Estava completamente entregue àquele beijo, ao toque de Kyo.

Sua mão foi descendo por minhas costas, acariciando-me até chegar à minha bunda. De uma hora pra outra, lá estavam as duas mãos de Kyo apertando minhas nádegas, puxando-me com força, nossos paus duros se encontrando, então rapidamente ele me virou de costas contra a parede e eu espalmei as mãos acima da cabeça, a adrenalina correndo pelas minhas veias e descendo, descendo, explodindo no momento exato em que ele encostou seu membro rígido entre minhas nádegas.

As cem estrelas se transformaram em mil.

Mesmo por cima da roupa eu o sentia e, naquele instante, tudo o que mais queria era que ele rasgasse aquele maldito macacão e terminasse o que estava fazendo. Mas, me provocando, ele só permaneceu ali, subindo e descendo, empurrando, e me pegou de surpresa num gemido quando lambeu minha pele visível na parte de trás da nuca.

Sua respiração quente arrepiava todos os meus pelos enquanto ele dizia, baixinho:

— Vou deixar você pensando nisso. Boa noite.

E saiu, deixando-me para trás, suado e cheio de tesão.

Fiquei irritado no começo, mas depois pensei melhor e me peguei sorrindo no escuro, deitado na cama. A expectativa de terminar aquilo que tínhamos começado me daria no que pensar naquela noite – e várias noites depois.

A imaginação alimentava meus sonhos.

Era diferente, mas muito bom. Ter algo pelo que esperar, pelo que sonhar. Sentir algo além de raiva, medo e solidão.

Há muito tempo não sentia algo assim. Algo bom. Algo feliz.

No dia seguinte, tudo o que eu mais queria era encontrá-lo na mesa do café da manhã, mas quando cheguei, Kyo não estava em seu lugar habitual. Peguei minha comida, mas não tinha vontade alguma de comer quando sentei à mesma mesa que dividíamos nas refeições. Os minutos passaram, arrastados, até tocar o sinal anunciando o final do café e início dos treinamentos. Kyo ainda não tinha chegado.

Peguei a gangue de Loba me espreitando de sua mesa costumeira ao canto no refeitório, todos rindo. Meus sentidos logo se aguçaram: alguma coisa não me cheirava bem. Quando todos os jovens começaram a se dispersar para os treinamentos, percebi um rosto conhecido no meio da multidão e me dirigi o mais depressa que pude para ela.

— Ei, Aline?

A garota se virou para me olhar, rígida, os punhos retesados, cobertos por luvas, toda sua expressão corporal sugerindo que estava na defensiva. Não podia culpá-la, não depois do que tinha acontecido no último treinamento de concentração. Na verdade, eu mesmo tinha pensado que ela teria morrido. Apesar de ser um palito de gente e estar ainda mais magra, Aline aparentemente era mais forte do que eu imaginava.

— O que você quer? — ela perguntou, enquanto vários adolescentes passavam por nós a caminho da saída.

— Foi mal, não me apresentei. Eu sou... Meia-Noite, sou amigo de Kyo, o alojamento dele fica no mesmo setor que o seu...?

A expressão dela se amenizou, os punhos se abriram.

— Ah, é. Você é o cara que sempre senta com ele. Kyo é um dos bons.

— Você o viu hoje, por acaso? Ele não apareceu no café da manhã.

Nesse instante, ela segurou meu braço com a mão esquerda enluvada e me puxou para um canto mais reservado. Olhou para os lados, especialmente para a mesa onde o grupo de Loba agora se levantava.

— Ele tomou uma surra ontem — ela sussurrou. — Não foi a primeira vez, mas essa foi bem feia.

— O quê? Como assim? Como ele tá? — tive vontade de chacoalhá-la para tirar mais informações, mas me controlei bem a tempo, esfregando as mãos nas coxas, fazia isso até demais. — Quem foi, Aline? Você sabe?

— Olha, não dá pra falar agora. Me encontra às seis e meia no corredor 20 do setor A12.

O dia passou devagar.

Pouco depois das seis, quando já não aguentava mais esperar, tomei meu caminho para o setor A12. Sequer cogitei passar no refeitório, não conseguiria segurar nada no estômago de qualquer maneira. Cheguei no lugar combinado às 18h15 e, às 18h20, Aline apareceu com cara de poucos amigos. Ela era pequena, mas conseguia assustar. Lembrava-me de uma amiga de infância que fiz nas ruas e morreu em meus braços quando nós dois tínhamos apenas treze anos de idade.

— Você chegou cedo demais! Tá querendo chamar atenção?

— Foi mal, não conseguia mais esperar. Mas eu tomei cuidado, tá?

— É bom mesmo, cara.

Ela caminhou à minha frente, como se eu nem estivesse ali; tive que apertar o passo para segui-la, até que ela parou e quase trombamos. Alojamento 372-C. Aline bateu seis vezes na porta, em intervalos de duas batidas curtas, então esperou. Quis perguntar algo, mas a expressão dela fez com que eu me calasse.

Kyo abriu a porta. Estava apenas de cueca, o corpo inteiro repleto de ferimentos e vergões horríveis que eu conhecia muito bem: marcas de socos e, em sua maioria, de chutes; havia até uma marca em seu estômago que era o formato exato das botas que a gente usava no Centro. Seu olho esquerdo se arregalou – o direito estava roxo e tão inchado que se mantinha fechado –, mas ele logo se recompôs do susto e disse:

— Puta merda, entrem logo, vocês dois!

Ele puxou a gente pra dentro do alojamento e fechou a porta logo atrás. A primeira coisa que vi foi a cama dele, os lençóis manchados de vermelho, *de sangue*. Kyo se arrastou até ela, abraçando o tórax, sentando-se e se encostando na cabeceira.

— Cacete, Aline, não achava que você ia trazer o Meia-Noite

aqui. Desculpe a bagunça. Eu teria preparado um café, se pudesse.

— Para de falar merda, Kyo – Aline resmungou, sentando-se na beirada da cama dele. Eu não sabia que eles eram tão amigos; agora a reação dele quando Aline fora torturada fazia mais sentido e, em algum nível, por mais idiota que fosse, aquilo me incomodou. Kyo percebeu de imediato, eu sabia; bastava observar seu sorriso torto.

— Senta aí, cara – ele disse. O sorriso enorme dele fez seus lábios machucados sangrarem; ele esfregou um no outro, fazendo pouco caso, e eles se tingiram de vermelho vivo. – Tá com vergonha de quê?

Preferi não sentar; ao invés disso, enfiei as mãos nos bolsos, os punhos fechados de nervoso. Olhar para Kyo me fazia querer liberar meu poder e acabar com a raça de quem tinha feito aquilo com ele.

— Quem fez isso com você, Kyo?

O olhar dele foi condescendente. É, eu já sabia, mas precisava confirmar. Foi Aline quem respondeu.

— A gangue da cretina da Loba, é claro.

— Não foi a primeira vez – Kyo disse sorrindo, como se aquilo não fosse nada.

Eu não ia ser estúpido o suficiente para sugerir algo politicamente correto como reportar aquilo às autoridades do Centro – sabia que não daria em nada. Eles até incentivavam as disputas entre os Magos ali dentro, era o caos de um maldito inferno. Mas as coisas não podiam ficar por isso mesmo.

— A gente tem que dar uma lição nesse bando de lixo.

O sorriso de Aline se abriu. Kyo, porém, fechou a cara.

— Vocês não vão fazer nada, vocês dois – ele disse muito sério, como eu jamais o havia visto. – Ouviram? Nada!

— A gente não pode ficar parado se eles vierem atrás de nós, Kyo – falei, sentindo os punhos tremerem nos bolsos.

— O que é muito provável – Aline emendou.

— Eu disse não!

Aline se levantou furiosa:

— Isso aqui não é só por você, Kyo. Já esqueceu que foram eles que colocaram meu nome mais cedo naquela maldita lista de tortura?

— Peraí: como assim, eles podem fazer isso?

A garota se virou para mim, cuspindo as palavras:

— Eles são um bando de puxa-sacos dos treinadores e do restante dessa corja do Centro. É óbvio que têm alguma influência. Todo mundo de quem eles não gostam acaba indo parar naquela merda.

— Não sei por que ainda não me mandaram pra lá – Kyo deixou escapar, sombrio.

— Algum motivo deve ter — Aline rebateu, levantando-se. — Nem eles, nem esses putos do Centro dão ponto sem nó. Olha, eu vou é deixar vocês aí e ir lá fora vigiar. Sabe-se lá se o galã aqui foi mesmo discreto — e me fuzilou com o olhar.

— Ei!

— Vai, vai, sua velha rabugenta! — Kyo atirou o travesseiro sujo de sangue na porta quando Aline a fechou, deixando uma marca avermelhada no branco imaculado. Ele levou as mãos às costelas, que sentiram o movimento brusco. — Ai! Essa aí é um doce de menina, né?

Kyo riu, aquele mesmo sorriso de sempre, o que chegava aos seus olhos; no caso, só até o olho que ainda podia ficar aberto. Abaixei-me e peguei o travesseiro nas mãos, batendo-o de leve para espantar a sujeira. Inútil.

— Não sabia que vocês eram tão amigos.

— Ah, é verdade, você tá com ciúmes, né, Meia-Noite? Que bonitinho.

Foi a minha vez de fuzilá-lo com o olhar.

— Te falei, Aline é um dos bons. Uma das boas pessoas. Uma boa *amiga*. Se eu não te falei direito dela antes, foi pra proteger o rabo da garota do mesmo jeito que ela protege o meu.

Sentei na beirada da cama de Kyo, sem conseguir reprimir o sorriso aliviado que veio aos meus lábios. Estendi o travesseiro a ele; Kyo o segurou, sorrindo. Era o máximo que eu conseguia chegar de dar as mãos a uma pessoa. Ele parecia entender, como entendia tudo a respeito de mim.

A verdade é que eu queria tocá-lo, curar suas feridas, mostrar que me importava. Mas era impossível. Eu só conseguiria piorar as coisas.

— Promete que não vai se meter com aquela gente, Meia-Noite?

As batidas ritmadas de Aline na porta me salvaram de responder àquela pergunta. Kyo também parecia alarmado; ele tentou se levantar, mas eu o impedi com um gesto.

— Deixa que eu vejo o que é.

Quando abri a porta dei de cara com a gangue de Loba cercando Aline no corredor. Eram cinco contra um, mas a garota se mantinha firme, a única indicação de seu nervosismo eram os punhos cerrados. Postei-me ao lado dela, cruzando os braços – talvez para intimidá-los, talvez para controlá-los em seu lugar.

— Não sabia que você agora ficava servindo de cupido para esses dois, Aline – Loba provocou.

— Você só não é mais ridícula por falta de espaço, né? – a garota retrucou.

— O que vocês querem?

Aquilo fez Loba se virar para mim, sorrindo:

— Você quer apanhar como o seu namorado também?

Descruzei os braços, flexionando os punhos. O anel brilhava

no meu anular esquerdo. Era a hora de saber se aquela merda funcionava pra valer mesmo ou era só mais uma mentira. Kyo valia o risco.

— Se você quer briga, vai ter, garota.

Ela estalou os dedos e um dos caras largos que lhe serviam como guarda-costas se adiantou; coloquei-me à frente de Aline, mas ela já estava bastante ocupada dando um soco no nariz de Loba, que recuou, gritando mais de surpresa que de dor. Enquanto isso, o grandalhão tentou enfiar os punhos na minha cara, mas eu já conhecia aquele golpe desajeitado e desviei, passei por ele e então dei uma cotovelada certeira na base de seu queixo, bem onde sabia que o colocaria para dormir. O cara caiu de borco no chão, um som nauseante enchendo o corredor quando o nariz dele se partiu.

Quase tropecei no outro cara, que Aline tinha derrubado com uma rasteira. Loba gritava ordens e palavrões (não necessariamente nessa sequência), enquanto seus amigos avançavam numa formação desajeitada. Estava na cara que eles só sabiam usar força bruta, nada de cérebro. Fiquei mesmo surpreso com Aline, que só podia ter vindo das ruas como eu para saber lutar daquele jeito; com seu porte quase esquelético, ela se aproveitava do seu ponto forte para surpreender os outros: a velocidade.

— Que merda vocês estão fazendo?

Eu conhecia aquela voz: era Kyo. Ele estava à porta do seu alojamento, ainda de cueca, apoiado de forma precária na parede, segurando a barriga, claramente com dor. Sangue escorria de um ferimento dele no joelho, mas sua expressão era firme.

— Você quer mais, veadinho? — Loba ameaçou, estalando os dedos.

Eu me adiantei para dar uma lição naquela cretina, mas a outra garota — de quem eu sequer sabia o nome — se colocou na minha frente tão depressa que não consegui desviar minhas mãos, o que estava tentando fazer até aquele momento. Empurrei-a com força, espalmando minhas mãos em seu uniforme, mas só isso não foi suficiente para aplacar minha fúria. A energia fluía pelo meu corpo como veneno, e eu senti o exato momento em que meu poder vazou pelas mãos para penetrar no peito da garota, que absorveu tudo de uma vez.

Todo mundo parou para olhar, mas ninguém viu o que eu vi: a vida deixando os olhos dela como fumaça. Quando as costas da garota bateram no chão, ela já estava morta havia muito tempo.

— Talita! — Loba até se esqueceu de Kyo e correu para acudir a aliada. Ela a levantou nos braços, sacudindo-a como uma boneca de pano. Não adiantava.

Ouvi quando Aline prendeu a respiração e o som perturbador de Kyo engolindo em seco, tenso. Os outros caras — dois deles no chão — murmuraram alguma coisa que não entendi. A verdade é que eu já não estava ouvindo mais porra nenhuma; um zunido explodia em meus ouvidos, o mesmo que se ouve logo após a explosão de uma bomba, um som que eu já conhecia, mas que não ouvia fazia muito tempo.

Porque era isso que eu era: uma bomba que detonaria a qualquer momento.

— Você a matou, seu filho da puta! VOCÊ A MATOU!

Dei um passo para trás, então outro e mais outro. Sabia de duas coisas naquele momento: a primeira era que o maldito anel era mesmo era uma mentira para manter aquele monte de Magos quietos.

A segunda era que eu estava ferrado.

Duas semanas se passaram, tempo suficiente para Kyo se recuperar e as coisas se acalmarem um pouco. Ou pelo menos era isso que eles queriam que eu pensasse.

Mas eu sabia muito bem que as coisas não ficariam por aquilo mesmo. O dia da vingança de Loba chegaria, mais cedo ou mais tarde. Ela não me deixava esquecer. Apesar de manter silêncio desde suas últimas palavras, que ainda ecoavam na minha cabeça durante as longas madrugadas (VOCÊ A MATOU VOCÊ A MATOU VOCÊ A MATOU), o olhar dela queimava minha nuca sempre que dividíamos o mesmo ambiente.

— Relaxa, Meia-Noite. Esse tipo de coisa sempre acontece por aqui – disse Aline, que agora também se sentava conosco nas refeições. Ela era bem bacana, agora que eu tinha certeza sobre a natureza de sua relação com Kyo. Eu só precisava deixar de lado o assunto da câmara de tortura; Aline não conseguia falar sobre isso. — Ninguém dá a mínima. A própria gangue da Loba já matou uns três desde que eu fiz o maldito acordo e tive a infelicidade de conhecê-los.

Pode ser perturbador quando matar e morrer se torna algo natural, mas ao que parecia ali no Centro a realidade não era nada diferente daquela à qual eu estava acostumado nas ruas de Brax.

— Eles incentivam essa merda — Kyo comentou, mas não parecia tão tranquilo quanto Aline, apesar de querer aparentar isso para mim. — Uns matando os outros, machucando os outros. Eles acham que é bom, que os fortes sobrevivem ou qualquer besteira do gênero.

— E aquela garota, Talita, não valia a pena. Ela e a Loba, tudo farinha do mesmo saco podre — Aline emendou, talvez com medo de que eu estivesse com problemas na consciência por tê-la matado.

Não sei qual era o pior problema, na verdade. Já tinha matado outras pessoas antes com meu poder, isso não era novidade — quase todos os Magos já tinham feito isso antes do Centro, por vontade ou por acidente —, mas o acontecimento sempre era algo que martelava no meu cérebro por dias ou meses depois. Nunca deixava de ver aquela cena se repetindo na minha mente: a vida se esvaindo dos olhos das pessoas, sabendo que fora eu que tinha arrancado a alma delas. Não importava se a pessoa era boa ou ruim. Na verdade, eu só me arrependi verdadeiramente de ter matado uma única pessoa na minha vida, um rosto que ainda me assombrava após tantos anos. Mas, mesmo que fosse uma criatura detestável, eu continuava amargando aquela visão por muito tempo. A morte não é algo para se acostumar.

Essa era a maldição do meu poder: conviver com o olhar assombrado dos mortos ao perceberem que a vida estava sendo roubada deles. E, claro, o pavor de fazer isso com alguma pessoa com quem eu realmente me importasse, algo que eu já tinha feito e não queria repetir nunca mais.

Mas ainda havia outros problemas, como, por exemplo, o maldito anel: agora eu sabia que ele era de mentira, puro efeito placebo, e não inibia porcaria alguma de poder. Não era um alívio, como esperava; só servira para que eu ficasse ainda mais preocupado em usar minha magia por acidente.

O outro grande problema era: alguém teria descoberto meu poder aquele dia? Loba? Talvez. Os outros caras da gangue dela? Não, muito burros. Aline? Muito distraída. Kyo? Com certeza.

Não sei como ele ainda não tinha se afastado de mim agora que sabia. Talvez isso ainda fosse acontecer, era inevitável. Era o que todos faziam no final. E agora eu tinha que conviver com isso também: o medo de quando Kyo me deixaria.

Ou quando eu o mataria por acidente.

A coisa engraçada nisso tudo é que, apesar de você imaginar e se atormentar supondo um milhão de merdas diferentes, vem a vida e te dá um tapa na cara, dizendo *"Ei, te surpreendi de novo, né, panaca?"*.

Fui pego mesmo de surpresa. E foi logo depois do almoço, naquele mesmo dia.

Os treinamentos de concentração não eram constantes. Desde

o de Aline, não tivemos mais nenhum. Era interesse do Centro que fossem espaçados e sem dia específico, por isso era tudo tão apavorante. Ao acordar, você nunca sabia se a próxima tortura seria naquele mesmo dia. E se a próxima vítima seria você.

— Bernardo Oliveira Brandão.

Quando o nome foi pronunciado pela mulher insuportável cujo serviço era chamar os porcos para o abate – e que ainda ficava feliz com isso –, houve confusão na arquibancada do ginásio. Ninguém conhecia aquele cara, o que significava que só podia ser um dos Magos que ocultavam seu nome no Centro.

Por isso mesmo, foi tão chocante para Kyo e Aline quando eu me levantei.

Especialmente para Kyo.

Torci os punhos com força, dando o melhor de mim para não olhar para trás, mesmo que soubesse que poderia nunca mais vê-lo. Mas não queria que a última imagem de Kyo na minha mente fosse a que estava estampada em seu rosto: horror, surpresa, medo. Se visse tudo aquilo em seu rosto delicado e sorridente, tinha certeza de que não aguentaria o que estava por vir. E eu precisava aguentar, não podia deixar Kyo sozinho, não naquele lugar, não agora que tínhamos nos encontrado.

Se fosse para nos separar, que fosse uma decisão dele, não minha. E morrer seria minha decisão, não de Brax, não do Governo, muito menos daquela maldita Mãe Pátria.

Caminhei entre as fileiras de adolescentes até o centro do

ginásio sem olhar para trás, com uma única imagem em mente: o sorriso sincero e alegre de Kyo.

— Por favor, querido – a mulher nojenta disse, estendendo a mão com a luva de plástico.

Por um instante louco, imaginei-me puxando-a e libertando meu poder. Aquela merda de anel não funcionava comigo, talvez não funcionasse com ninguém, e não seria a porcaria de uma luvinha de plástico que impediria minha magia de penetrar na pele daquela desgraçada e entrar em sua corrente sanguínea. Já conseguia imaginar a vida dela queimando e vazando por seus olhos vazios. Naquele momento, senti algo parecido com satisfação, talvez até mesmo felicidade, e acho que foi isso que me impediu de seguir em frente entre todas as coisas.

No que eu estava me transformando?

Estendi a mão e ela removeu o anel inútil. Depois, a mulher me indicou a entrada da câmara com um sorriso quase animalesco nos dentes, e logo entendi o porquê.

Foi como levar um chute no estômago.

A câmara não era de vidro como eu tinha pensado. Sempre imaginara que a pessoa ficava ali dentro, vendo tudo o que estava acontecendo ao seu redor, observando a plateia dividida entre o horror e a vibração. Mas não. Não era nada disso. Era pior.

Entrei na câmara apertada, mantendo os braços junto aos lados do corpo. A última coisa que vi foi o sorriso sádico da mulher antes que ela fechasse a porta e me enterrasse em mim mesmo.

A câmara era revestida de espelhos por todos os lados. Espelhos que refletiam o meu rosto negro como a meia-noite, suado, olhos negros vazios e terrificados.

Era você contra você mesmo. E não há nada mais apavorante nesse mundo.

Sufocado. Encurralado. Assombrado.

Era assim dentro daquela câmara. Refletido em meus olhos, em cada linha do meu rosto, eu via todos os horrores que tinham passado pela minha breve, mas interminável, vida.

Enxergava o rosto suado, fedendo a medo, do meu velho pai dizendo *não confie em ninguém*, dizendo para eu correr (CORRA CORRA CORRA) antes de ser abatido pela polícia.

Via a alma de Jussara, minha melhor amiga de infância, se esvair em fumaça prateada dos seus olhos vidrados quando ela morreu em meus braços no mesmo dia em que descobri como meu maldito poder funcionava. Ela só tinha treze anos e eu a amava como uma irmã.

Via todas as mortes que tinha causado. Via o vazio nos olhos dos funcionários do Governo que me capturaram e me levaram para aquele lugar. Via a inevitabilidade e a humilhação nos dentes sorridentes do homem que me propôs o acordo.

Via o sorriso iluminado de Kyo. A força silenciosa de Aline.

Sentia o gosto de Kyo em meus lábios e suas mãos segurando minha ereção. O seu hálito de hortelã próximo do meu ouvido, dizendo palavras doces e ousadas. Via o rosto dele machucado.

Via o pesadelo que tinha todas as noites, a vida dele se esvaindo de seus olhos numa espiral de vermelha de fumaça, uma rosa ardendo na primavera.

Fiquei mais de quatorze horas dentro da câmara.

Só soube disso mais tarde. Eles me tiraram de lá sem descobrir qual era meu poder; era impossível revelá-lo, mesmo com esse método brutal, já que minha magia necessariamente precisava de outra pessoa para surtir efeito. Mas eles também não ficaram de mãos abanando.

Quando acordei, dias depois, Kyo estava dormindo com a cabeça sobre os braços em cima do lençol, ajoelhado ao lado da minha cama. Sentei depressa, assustado, enchendo os pulmões de ar como se nunca tivesse respirado antes. Isso o acordou e então vi algo pior: ele usava luvas.

— O que aconteceu?! O que aconteceu, Kyo?

Seu rosto revelava uma expressão triste.

Kyo revelou seu poder ao Centro para me tirar de lá. Uma barganha. Do contrário, era capaz que eu morresse lá dentro, afinal, eles nunca descobririam meu poder.

E Kyo sabia disso.

Naquele momento eu queria muito segurar o rosto dele, tocá-lo com toda a ternura por ele e toda a raiva por aquela injustiça, dois sentimentos tão conflitantes que conviviam em meu coração como água e óleo.

Mas eu não podia e Kyo enxergava isso dentro dos meus olhos.

Nunca pensei que uma pessoa pudesse desnudar minha alma e meus sentimentos daquele jeito, mas ele conseguia.

— Não se preocupe com isso, Meia-Noite — ele disse com carinho. Fiquei feliz por ele continuar me chamando assim e não de Bernardo. Ele espalmou a mão direita para cima, no entanto, e lamentou: — Mas bem que eu gostaria de encher esse quarto de flores só pra te alegrar.

— Não precisa, Kyo — eu disse, inclinando-me, minhas lágrimas molhando seu rosto. — Esse quarto já está cheio de flores.

E o beijei.

E então era como se o quarto estivesse mesmo preenchido de flores, brancas e amarelas, com cheiro de laranja colhida no pé. Elas estavam por toda a parte, caindo do teto e acariciando a pele dos nossos corpos nus quando Kyo deitou sobre minhas costas, lambendo o caminho entre minhas omoplatas, pressionando seu pau duro e quente sobre minhas nádegas e preenchendo-me com seu prazer.

As flores também estavam lá, debaixo do meu corpo, quando segurei a cabeceira da cama sobre minha cabeça, cheio de medo para não tocá-lo, o que só aumentava ainda mais meu tesão. Kyo beijava e acariciava cada parte do meu corpo, apertava meus

mamilos e depois minha bunda, arranhando minha pele, e então chupava meu pau, mais e mais e mais, a verdadeira magia fluindo por cada veia do meu corpo, explodindo em mim e levando-me até o céu escuro cheio de estrelas cadentes e brilhantes.

Naquele instante, juntos, éramos flor e estrela. Éramos cor e luz. Éramos invencíveis.

Um motivo.

Era só disso que eles precisavam.

Há uma estátua de ouro maciço no canto da sala. É uma estátua curiosa: uma mulher de meia-idade – mais pra velha do que pra jovem –, com uma pose estranha, como se tivesse sido pega de surpresa. Não é aquela pose padrão, como das estátuas das praças, fazendo algo heroico e se exibindo (ou apenas se exibindo). A expressão da mulher transmite até um pouco de... horror. E raiva.

Estou sentado há muito tempo nessa cadeira, de frente para uma mesa de madeira. Há uma cortina do outro lado, mas a janela é falsa; sei disso porque tentei olhar, tentei escapar. Mas não há saída.

Eles me deixaram sozinho com meus pensamentos porque

sabem que isso também é um tipo de tortura. Eles entendem bem desse assunto.

E eu só consigo pensar em Kyo.

Estão com ele. Não sei onde, não sei como, não sei o que estão fazendo. Isso é o pior. Não saber. Sei que não é nada bom, sei que devem estar fazendo algum mal a ele... Mas o quê? Quanto? Como ele está? Será que ainda está vivo?

Disseram que transgredimos todas as regras. Que fomos longe demais.

Eu sei muito bem ao que eles se referem. Kyo e eu, nós nos tornamos amigos. Namorados. Amantes. Nós estávamos felizes, mesmo que por alguns breves instantes.

E isso eles não podem tolerar.

Quando penso que vou enlouquecer, uma estante com livros antigos se move no canto da sala, revelando uma porta. Por ela, uma mulher de terno vermelho-escuro adentra a sala. Ela tem a pele clara, contrastando com a minha, e seus olhos cor de mel – quase amarelos – são cruéis. Sinto o fedor da maldade empesteando o ar.

Ela caminha até a mesa, parando por um segundo para fitar a estátua e fazer uma espécie de reverência, então finalmente senta-se de frente para mim, cruzando os dedos longos com unhas pintadas de verde e amarelo. O olhar dela queima por cima do gesto.

— Você sabe por que está aqui, não sabe?

A voz dela estala no ar como eletricidade, e um tremor sobe pela minha espinha.

— O que vocês fizeram com Kyo?

Ela inclina um pouco a cabeça, com condescendência, o que me irrita ainda mais. Gostaria de pular da cadeira e apertar o pescoço dela com minhas próprias mãos, e nem seria necessário usar força – a magia que flui por meus poros daria conta do recado num instante. Mas não posso. Meus punhos estão presos à cadeira por correntes de ferro.

— Se você se importa tanto assim com ele, vai nos ajudar, Bernardo.

Rosno como um cão ferido, mas me mantenho calado. Então ele ainda está vivo.

— Não pense nisso como algo terrível, meu querido – ela continua, agora numa voz adocicada ainda pior que o tom que usou antes. – Você vai estar ajudando Brax, a nossa grande Pátria! Seus poderes são indispensáveis pra nós, você pode fazer um grande bem.

Mordo os lábios até sentir o gosto de sangue.

— Vocês sempre souberam qual era o meu poder.

— Confesso que demoramos mais um pouco do que o normal para descobrir. Mas sempre conseguimos o que queremos. Nós somos o Governo Soberano de Brax.

Nesse momento, ela lançou um olhar sonhador e quase triste para a estátua de ouro no canto da sala.

— Como disse, há muito que pode fazer por nós. Estamos enfrentando uma guerra, os imperialistas do outro lado das fronteiras querem conquistar nossa Pátria. Mas são pessoas como você, Bernardo, que vão nos ajudar a detê-los e manter nossa soberania sagrada.

Puxo as correntes com força, mas elas são fortes demais e só fazem barulho, machucando ainda mais meus pulsos.

— Há pessoas horríveis tentando nos derrubar – ela observa novamente a estátua, mas não acho que seja capaz de exalar tristeza por seus olhos. Esse tipo de gente não é capaz de sentir. – Na verdade, precisamos de você primeiramente para nos ajudar a deter uma Maga que está nos causando problemas. Uma garota perversa e cruel que está contra a própria Pátria.

Por "deter" ela quer dizer matar. Por isso precisam de mim. É isso que faço melhor. *Matar.*

— Além do mais, se nos ajudar, seu jovem amigo vai ficar livre, eu prometo. O poder dele é inútil para nós – ela solta uma risadinha debochada que me enche de mais raiva.

Fecho os olhos por um segundo, pesando pela milésima vez minhas alternativas.

Meus punhos se afrouxam.

Só existe uma resposta.

— Antes desse lugar, eu vivia em uma comunidade refugiada no meio da mata – dizia Kyo, um sorriso triste se espalhando em seus lábios. Nós estávamos deitados na minha cama, extasiados, enlaçados, a minha cabeça apoiada em seu peito, ele deitado sobre minhas pernas. Não dava para saber onde terminava o meu corpo e começava o dele. – Havia orientais e índios, e nós trocávamos conhecimento e amor. Minha mãe era oriental e meu pai índio.

A porta grande e pesada de metal range quando um funcionário do Governo a empurra. Não posso contê-lo. Uso um traje que vai da cabeça aos pés e cobre especialmente minhas mãos. Todo ele é revestido por dentro e, se eu tentar usar meu poder, meu corpo é atingido por uma descarga elétrica que me bota para dormir em segundos. Dessa vez é verdade, descobri da pior maneira. Eles tinham, afinal, um jeito de me conter, só não queriam usá-lo até agora.

— Eles morreram quando eu tinha doze anos. Depois disso, éramos só eu e minha avó, a anciã da comunidade. Ela me ensinou tudo o que sei sobre as plantas, as ervas e as flores. É engraçado que esse seja meu poder, não? Se minha avó fosse uma Maga, esse seria o poder dela também. Ela era, na verdade, só não sabia disso. Seu poder e sua sabedoria eram maiores do que qualquer água contaminada ou tumor podem dar a qualquer um de nós.

Nada disso importa agora. Tudo é pequeno diante da visão que tenho quando a porta abre e revela a pessoa lá dentro.

Ele virou o rosto para mim, sorrindo daquele seu jeito único.

— Se pudesse fazer um único pedido, gostaria de revê-la mais uma vez. Você ia gostar tanto dela, Meia-Noite. Nós poderíamos viver livres, na mata, como quando eu era criança, dormindo e amando um ao outro sob um teto de estrelas.

Kyo está quebrado. Jogado a um canto da sala acolchoada, os punhos amarrados, o que sequer é necessário, não neste estado. A cabeça dele pende para o lado esquerdo, sua franja enorme agora encobre todo seu rosto, deixando visível apenas seus lábios entreabertos, de onde pinga um fio de saliva que se estende até suas mãos largadas à frente do corpo.

Ele me beijou novamente e um sabor doce e suave me acolheu, preenchendo-me com uma paz que desconhecia.

— O que fizeram com você? – pergunto, ajoelhando-me ao seu lado, erguendo seu rosto, finalmente tocando-o, mas não de verdade, não o toque da minha pele sobre a dele. Agora tenho certeza de que jamais saberei a sensação, e tudo que me resta é a lembrança do toque de Kyo na minha pele. — O que fizeram com você...?

— Eu sinto saudade do céu, Meia-Noite. Do céu escuro cheio de estrelas. Do sereno na pele, do cheiro do orvalho sobre as folhas das árvores. Sinto falta de ser livre.

Os olhos de Kyo estão vazios. Ele não me reconhece, talvez nem se reconheça. Jamais se lembrará de mim. Está tudo acabado.

Encosto minha testa na dele, segurando seu rosto com minhas mãos enluvadas e assassinas. Pele contra pele. É a única coisa que posso fazer — e guardarei esta memória para sempre.

— Você vai ser livre, Kyo.

Este livro foi impresso em papel pólen bold
na Renovagraf em julho de 2017.